How would life be —

— withoot a TV?

Somethin's no' richt —

— at the Broons men's Burns nicht!

THE BROONS MEN ARE HAVING THEIR OWN BURNS SUPPER —

JINGS. PAW'S GOT THE POSE AFF PAT.

...WHENE'ER TAE DRINK YOU ARE INCLIN'D OR CUTTY-SARKS RIN IN YOUR MIND...

VERY GUID, PAW.

...THINK! YE MAY BUY THE JOYS O'ER DEAR, REMEMBER TAM O'SHANTER'S MARE.

OF COURSE, I'M MAIR LIKE THE BARD THAN ANY O' YE!

AYE. YE READ BURNS TAE ME WHEN I WAS NAE OLDER THAN THE BAIRN!

BUT I'M A STUDENT OF BURNS' LIFE AND TIMES. ASK ME ANY FACT OR DATE.

AYE, HORACE. WE DINNA DOUBT YOU, BUT THERE'S MAIR TAE BURNS THAN FACTS.

I TRY TO FOLLOW RABBIE'S EXAMPLE. I'VE GOT A RIGHT EYE FOR THE LASSIES.

AYE. AN' A LEFT ONE AS WEEL.

I DINNA CARE WHIT YE SAY. I'M THE MAIST LIKE RABBIE.

IN AGE, MAYBE.

BUT I'M THE LAD FOR THE READIN'S.

I'M THE EXPERT!

O WAD SOME POWER THE GIFTIE GIE US, TO SEE OURSELS AS ITHERS SEE US.

HERE'S TAE YOU MAW. YE'RE MAIR LIKE RABBIE THAN ANY O' US.

FAIR FA' YOUR HONEST SONSIE FACE...

THE BROONS

PRICE £5.99

D.C.THOMSON & CO. LTD., GLASGOW : LONDON : DUNDEE

Printed and Published by D.C.Thomson & Co., Ltd., 185 Fleet Street, London EC4A 2HS.
© D.C.Thomson & Co., Ltd., 2005

ISBN 1 84535 051 0

Granpaw's tall tales —
— cause laughter in gales!

Paw and Granpaw are bold —
— when the weather's this cold!

It's easy tae see —
— the apple didnae fall far frae the tree!

Whit could be neater —
— than Granpaw's twelve seater?

Nothin' could be sweeter —
— than dating Daphnelita!

LISTEN UP, A'BODY. THERE'S A FELLA I MET LAST NIGHT WHO'S COMIN' ROOND TAE VISIT.

AYE. SO?

WELL, I TOLD HIM I WIS SPANISH, SINCE THE FELLAS LIKE THAT LATIN THING.

AN' YE WANT US TAE PLAY ALONG WI' THAT, DAE YE?

THEN —

THAT'LL BE HIM NOO.

IS ME MEANT TAE BE SPANISH TAE?

IS DAPHNELITA IN?

WHO? OH, DAPHNELITA. SI. I MEAN, AYE.

IT'S AWFY GUID O' YE TAE LET DAPHNELITA STAY HERE WHILE SHE'S LEARNIN' ENGLISH.

WHAT HAS SHE BEEN TELLIN' THIS FELLA?

AYE, SHE DOESNA SPEAK VERY GUID ENGLISH AT A'.

WHIT?

I SPEAK AS GUID ENGLISH AS YOU DAE, PAW BROON.

DAPHNELITA. YE'RE NO' SPANISH AT A'.

ARE YE SURE YE DINNA MIND THAT I'M NO' REALLY SPANISH?

NO, OF COURSE NO', BUT I WIS HOPIN' YE COULD GET TICKETS FOR THE REAL MADRID v. BARCELONA GAME.

Paw thinks it's a pain —
— gettin' caught in the rain!

The family can tell —
— when poor Hen isnae well!

Granpaw finds it a doddle —
— bein' an artist's model!

The modern world has got a flaw —
— so says auld Granpaw!

It'll no' be a fun day —
— with the key doon a cundy!

WE'D BETTER SUP UP – IT'S GETTIN' GEY LATE, PAW.

OCH! DINNAE FASH YERSEL, JOE – THERE'S BAGS O' TIME.

LATER . . .

MAW'S GONNAE BE NO' BEST PLEASED!

SHE'LL NO' KEN – I'VE GOT A KEY!

AN' LOOK – THERE GOES THE VERY KEY NOO!

SO IT IS!

ACH!

RICHT DOON THE CUNDY – WOULD YE CREDIT IT?

NAE BOTHER – YER PAW HAS GOT A CUNNIN' PLAN.

SO . . .

HEAVE!

HOORAY AN' UP SHE RISES!

WHIT'S A' THIS THEN?

WHEESHT, PAW.

CAN YE NO' SEE? I'M GUDDLIN' FOR THE LOCH NESS MONSTER, YE STUPID . . .

. . . O-OFFICER!

THAT'S ME!

OH, JINGS!

. . . YE'LL HAE TAE COME FOR THEM, MISSUS BROON – THEY'VE NAE HOOSE KEY . . .

LOOK AT YE! WHIT ARE YE DAEIN' IN HERE?

WE CANNAE GET OOT, MAW!

WE'VE NO' GOT A KEY FOR THIS DOOR EITHER!

Wi' Maw lookin' tired —
— a nicht oot is required!

Will the family be fond —
— of Hen's magic wand?

MEET THE GREAT HENDINI!

I'M HERE TAE ENTERTAIN YE WI' FEATS O' MAGIC.

ME'D LIKE TAE SEE MAGIC FEETS!

TA-DA!

VERY GOOD, HEN – REAL ARTIFICIAL FLOWERS!

FOR MY NEXT TRICK I SHALL REQUIRE A TEA CUP.

HEY!

EMPTY – OF COURSE!

HE MADE MY TEA DISAPPEAR FAST ENOUGH.

I'LL SAY THE MAGIC WORDS. ALI-KAZAM SHEZAM!

AND OOT COMES A MOOSE!

AND . . .

HAW-HAW!

SQUEAL! THERE'S A MOOSE LOOSE ABOOT THIS HOOSE!

BRAVO, HENDINI! YE'VE MANAGED TAE LEVITATE A' THE BROONS WOMEN!

Daein' the laundry at night —
— gies the folks quite a sight!

When Paw's a mechanic —
— it aye causes panic!

Is there a solution —
— tae this noise pollution?

Paw mak's a hash —
— at the boolin' club's bash!

The wall hauds nae fear —
— for a brave mountaineer!

A life on the auld ocean waves —
— can't be beat, the naval man raves!

Hen and Joe arenae shirkers —
— they're both braw hard workers!

Paw cannae tak' it —
—when the rest make a racket!

Hen's sure tae go far —
— when he buys a new car!

Will Daph's date be a caper —
— wi' the man wi' the paper?

Paw has a few tries —
— tae win a fairgroond prize!

AT THE INDOOR FAIR . . .

ME WANTS A TEDDY!

I'LL WIN YE A PRIZE, BAIRN!

I WAS A DEMON BOWLER IN MY SCHOOL CRICKET TEAM.

I DIDNAE KEN THEY'D INVENTED CRICKET WHEN PAW WAS A BAIRN.

PAW HAS A GO . . .

I'LL NEED A GUID RUN UP.

MISSED!

TWO MORE MISSES LATER . . .

SORRY, BAIRN, MY BOWLING'S NO' WHIT IT USED TAE BE.

AYE! BUT MINE IS!

PROPER BOWLIN' THAT IS!

AND . . .

WHAP!!

THAT WASNAE IN THE SPIRIT O' THE THING. MUTTER!

ME'S GOT THE BEST GRANPAW IN THE WORLD!

YES! YE CANNAE BEAT AULD-FASHIONED GUILE!

WHIT AN UNDERHAND TRICK!

WELL DONE TAE THE SNEAKY AULD GOWK!

The lads hae a race —
— tae the fish 'n' chip place!

Will Paw buy Maw flowers —
— when he comes hame after hours?

MAN! IT'S BRAW TAE HAE A NICHT OOT AT THE CREEL.

YE CAN SAY THAT AGAIN – AFTER YE GET THE ROOND IN.

LATER . . .

TIME, GENTLEMEN – AN' THE BROONS TAE.

IS THAT THE TIME, WILLIE?

WE DIDNAE REALISE.

WE'RE AWFY LATE – YE'LL HAE TAE BUY A BUNCH O' FLOOERS FOR MAW.

WASTE GUID MONEY ON FLOOERS?

NAH, NAH! JOHN'S CHINESE TAKE-AWAY'S OPEN – A BAG O' CHIPS WILL DAE FINE.

MAN! YE'RE RICHT BRAVE – AFTER YE'VE BEEN IN THE CREEL!

LOOK – I'VE BORROWED HORACE'S MOBILE PHONE. WE CAN GET A TAXI AN' THE CHIPS WILL STAY RARE AN' HOT.

THAT'S CLEVER.

NOO WHIT'S THE NUMBER? 6, 3, 23, 93 – NO, THAT'S WRANG – IT'S 63, 7, 21 OR IS IT . . ?

. . . 47, 16, 3, 8? ACH, I CANNAE REMEMBER.

WE'LL JUST HAE TAE WALK.

BUT . . .

MICHTY ME! WHIT'S A' THIS, JOHN?

YOU ORDERED IT – 6, 3, 23, 93, 63, 7 . . .

BACK HAME . . .

YE SHOULDNAE HAE BOTHERED – A WEE BUNCH O' FLOOERS WID HAE DONE.

AWFY TASTY, PAW.

AYE.

I'LL RESTART MY DIET THE MORN.

IT'S AWFY GUID O' YE TAE PAY FOR OOR SUPPER.

HARUMPH! THINK NOTHIN' O' IT!

I DINNAE THINK VERY MUCH O' IT, MYSEL'!

Everyone knows —
— that whit Paw says goes!

Maw never stops carin' —
— no matter how big the bairn!

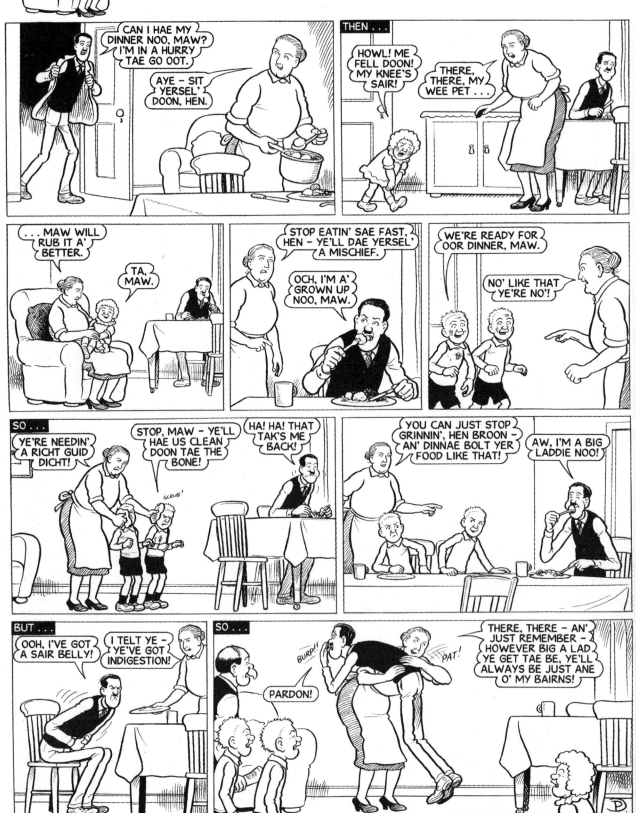

Is there a flaw —
— in a plan tae help Maw?

This use of a bird —
— verges on the absurd!

QUICK, PAW, THERE'S A BIRD AT YOUR WINDAE BOX!

WHIT? I'LL CHASE IT!

THAT'S SPECKLED JOCK! HE'S ONE O' MY FAITHER'S DOOS.

HE'S GOT SOMETHIN' TIED TAE HIS LEG.

WHIT DOES IT SAY?

HAW! THE CRAFTY AULD GOWK!

FANCY A PINT

AND . . .

I'VE SENT A MESSAGE BACK SAYIN' I'LL MEET HIM TONIGHT.

LATER, AT THE LOCAL . . .

EVENIN' ALL.

HERE HE COMES NOO — LONG JOHNS BROON. CACKLE!

WHIT'S THE STORY WI' THE CARRIER PIGEON?

JOCK'S A LOT CHEAPER THAN PHONE CALLS — I'VE SAVED MASEL' A PACKET!

THE ITHER BROONS ARRIVE . . .

WE CAME DOON 'CAUSE WE HEARD THERE WAS A DO IN HERE TONIGHT.

HAW-HAW! I MEANT A DOO — I LIKE MY LITTLE JOKES!

WE DON'T!

SINCE YE'VE SAVED A PACKET, I GUESS IT'S YOUR ROOND!

MUTTER! I MICHT HAVE KENT!

Dinnae eat on the quiet —
— live and let diet!

Maw's in a mood —
— at the state o' her brood!

Granpaw tak's a trick —
— at the bairns' picnic!

Granpaw looks smug —
— when he wears a new rug!

A whack wi' a putter —
— mak's the Broons men a' mutter!

Is it Horace's fate —
— tae get a braw date?

SIGH! THERE'S LIZZIE CALLAWAY AN' JANE LENNOX – I WISH I HAD A LASS.

AWA' AN' ASK THEM OOT, HORACE.

DAE YE THINK I SHOULD, JOE?

AYE – FAINT HEART NEVER WON A WEE STOATER!

SO . . .

I WAS – ER – WONDERIN' IF EITHER O' YE WID LIKE TAE COME OOT WI' ME, LIKE? AHEM.

YOU!

YOU'RE TOO OLD-FASHIONED.

YES – REALLY TWENTIETH CENTURY.

AW!

PUIR HORACE.

I KEN WHA CAN HELP YE, HORACE – COME AWA' HAME.

NAEBODY LOVES ME.

SOON . . .

AN UP-TAE-DATE IMAGE IS IT? YE'VE COME TAE THE RICHT BIG SISTERS.

WE'LL START WI' A NEW HAIRCUT.

OH, JINGS.

SHORTLY . . .

THEY'RE WHISPERIN' ABOOT ME – I KENT IT WOULDNAE WORK.

IT'S HORACE BROON.

BUT HE LOOKS LIKE THAT WIZARD ON THE PICTERS, HARRY POTTER.

ISN'T HE LOVELY?

I SAW HIM FIRST.

COOEE, HANDSOME.

CRIVVENS! THERE'S ONLY ONE LASS I WANT NOO!

MY MAW – SAVE ME, MAW!

MICHTY!

GONNAE BE MY BOYFRIEND, HORACE?

The lads hae a wish —
— tae catch a big fish!

AT THE BUT 'N' BEN . . .

YE MISS THE FITBA' IN THE CLOSE SEASON.

AYE.

YE DO.

INDUBITABLY.

HMPH!

WANT TAE KEN WHIT I MISS? SOME PEACE FRAE YOU LADS MOANIN' — THAT'S WHIT.

SORRY, MA — WE'LL HIRE A BOAT AN' GO FISHIN' DOON ON THE LOCH.

GUID IDEA, PAW.

SO . . .

KICK AFF — ER — CAST AFF AFT, HORACE.

WE'RE GOIN' ROOND IN CIRCLES, LADS.

THE LEFT WING MUST BE STRONGER THAN THE RIGHT WING.

THIS'LL DAE! START PLAYIN' — ER — FISHIN'!

JINGS!

THAT'S AN AWFY TACKLE, JOE.

WE'LL A' TAK' A THROW-IN! READY, STEADY . . .

. . . OOH! FOUL!

THEN . . .

GET AFF MY LOCH — YE'RE SCARIN' A' THE FISH WI' YOUR BAWLIN'!

CRIVVENS! RED-CAIRDED BY THE WATER BAILIFF!

KEN WHIT? YE MISS THE FITBA!

KEN WHIT ELSE?

YE MISS THE FISHIN' AS WELL.

I WASNAE MISSIN' THIS!

The family all bridle —
— at bein' ca'ed bone idle!

Is it a deid horse she's floggin' —
— when Daphne goes joggin'?

MY PAY'S IN THE BANK – ME AN' MY CREDIT CARDS ARE AWA' TAE DAE SOME SERIOUS SHOPPIN'!

JINGS! THE TOON WILL NO' KEN WHIT HIT IT!

MUCH LATER . . .

DAPHNE'S BEEN GONE FOR AGES – I'M GETTIN' WORRIED.

DINNAE FASH YERSEL', MAW – WE'LL GO AN' HAE A LOOK FOR HER.

SO . . .

AH, THERE YE ARE, DAPHNE.

PECH! PANT! AYE – I'M A' SHOPPED OOT – I'M FAIR PUGGLED!

KEN WHIT? YE'RE NO' FIT! THAT'S WHIT!

YE'RE RICHT – I'M GONNAE DAE SOMETHIN' ABOOT IT!

BACK HAME . . .

I'VE KEPT YER TEA HOT, DAPHNE.

WHIT A PLATEFUL.

AYE, WELL, I NEED PLENTY ENERGY.

SOON . . .

I'M GOIN' JOGGIN', YE SEE.

JOGGIN'? DAE YE WANT TAE FLEG A' THE BAIRNS AN' DUGS? AWA' AN PIT ON YER NEW FROCK – I'VE A BETTER IDEA.

SO . . .

YE WERE RICHT, PAW – JIGGIN'S MUCH BETTER THAN JOGGIN'!

HEE – YOOOCH!

SWING IT, DAPHNE!

HELP! I DINNAE KEN ABOOT BAIRNS AN' DUGS, BUT SHE TERRIFIES ME!

Alas and alack —
— Paw's jiggered his back!

Whit can Paw lose —
— goin' shoppin' for shoes?

Maw threatens a riot —
— if they dinnae keep quiet!

It isnae a joke —
— when the TV belches smoke!

Aye! There's the rub —
— the bath willnae scrub!

Paw cannae lose —
— when he's asked tae choose!

Whit's Granpaw like —
— when he's fishin' for pike?

Paw quickly clocks — — wha's as strong as an ox!

Gie us a clue —
— whit ye're daein' at the zoo!

The lads tak' a turn —
— tae drink frae the burn!

The memory lingers —
— o' Paw's rare green fingers!

If we dae this thing right —

— we can a' hae a skite!

Paw feels quite ill —
— when he looks at his bill!

54

Mind yer feet, if ye please —
— Paw's servin' the teas!

Granpaw's early night —
— gies a'body a fright!

I THINK I'LL HAE AN EARLY NICHT.

THEN . . . .

HI, GRANPAW — WE'VE COME TAE VISIT YE.

EH? OH, AYE — THANKS VERY MUCH — WELL . . .

. . I'LL NO' KEEP YE — YE'LL BE NEEDIN' HAME!

B-BUT WE JUST GOT HERE, GRANPAW.

SHORTLY . . .

THAT WAS A GUID MOVE — THEY WID HAE BLETHERED TILL A' THE WEE, SMA' OORS!

JUST PIT THE MILK BOTTLE OOT — THEN INTAE MY SCRATCHER.

BUT . . . .

ACH! WHIT A SCUNNER! I MUST HAE LEFT THE SNECK AFF! THE DOOR'S LOCKED AHENT ME!

IT'S A GUID JOB THE WINDIE WAS OPEN!

POLICE

AHA! WHIT'S GOIN' ON HERE?

SO . . .

B-BUT, IF YE TAK' ME TAE MY SON'S HOOSE, HE'LL TELL YE WHA I AM!

A' DESPERATE CRIMINALS SAY THAT!

CHUCKLE!

SOON . . .

WEE WILLIE WINKIE, HERE, SAYS HE BELANGS TAE YOU, SIR.

AYE — THAT'S MY FATHER — THE SENIOR DELINQUENT!

I'LL NEVER LIVE THIS DOON!

Wha looks a galoot —
— in a new, shiny suit?

A'body beware —
— there's a loon on the stair!

Bertie's nae thrivin' —
— as Daph starts oot drivin'!

They're a' oan the mooch —
— Paw's got money in his pooch!

The night oot's a trauchle —
— save for one daft auld bachle!

Granpaw's habits are found —
— by a gifted bloodhound!

A little less breeze —
— says Paw, if ye please!

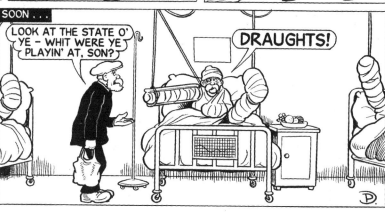

Whit will a'body see —
— when Paw saves a bawbee?

Maw has a gripe —
— when Paw lights his pipe!

It's sofa so good —
— wi' Daph's cleaning mood!

The family all long —
— tae burst intae song!

They're fitba' mad —
— but wha's bein' Dad?

Granpaw disnae think it's weird —
— tae tell tales o' his beard!

There's a terrible fuss —
— aboot Hen's cactus!

Michty! Whit glee —
— there'll be fish for tea!

OH, BRAW! AYE, I'LL GET A'THING READY. DINNAE WORRY.

THAT WAS MAW, SHE'S BRINGIN' HAME FISH FOR TEA!

GREAT! I LOVE A BIT O' FISH.

YE'LL HAE TAE STOP STUDYIN' WHILE WE SET THE TABLE, HORACE.

AYE! AWA' AND STUDY THE DISHES — THEY MICHT NEED WASHED.

OCH!

IN THE KITCHEN . . .

I'M MAKIN' MA WORLD FAMOUS WHITE SAUCE.

WHIT'S IT FAMOUS FOR? KILLIN' HOOSEHOLD PESTS?

CHEEK! IT'S NO' READY YET.

TWENTY MEENITS LATER . . .

BRAW! EAT YOUR HEART OOT, DELIA SMITH!

THAT'S THE PLACES LAID.

I WONDER IF IT'LL BE PLAICE? JINGS! I CAN TASTE IT A'READY.

THEN . . .

WEEL, MAW, WE'RE A' SET. WHERE'S THE FISH? I'M STARVIN' NOO!

YE'RE NO' EATIN' MY BONNY GOLDIE, PAW BROON, YE MONSTER!

YE WERE MEANT TAE LOOK OOT THE AULD TANK FOR THE WEE FISH THE BAIRN WON!

HO-HO!

I FORGOT YE WERE GOIN' TAE THE FAIR.

DAFT AULD GOWK!

It's no' a happy lot —
— bein'a terrible swot!

Granpaw's the boy —
— tae repair an auld toy!

It's surely no' right —
— when Granpaw starts a fight!

The mysteries o' flight —
— cause a richt funny sight!

It causes great joy —
— Joe's a delivery boy!

Will the posters be braw —
— that the family draw?

Granpaw thinks it's fine —
— tae go back in time!

Granpaw gets a book —
— that's well worth a look!

I'VE GOT A BRAW BOOK OOT O' THE LIBRARY!

WHIT'S IT ABOOT?

HYPNOTISM — IT TELLS YE HOW TAE PUT FOLK TAE SLEEP.

YE DINNAE NEED A BOOK TAE DAE THAT — JIST TELL US ABOOT YOUR DAYS IN THE HOME GUARD AGAIN!

YE CHEEKY YOUNG PUP — JIST KEEP LOOKIN' AT MY WATCH!

THEN . . .

WHIT EXACTLY'S MEANT TAE HAPPEN, GRANPAW?

GRANPAW?

THE DAFT OLD GOWK'S PUT HIMSELF TAE SLEEP!

ZZZ!

I'VE GOT AN IDEA! YE'RE A WORLD CLASS CORDON BLEU CHEF AND YE'RE AWA' TAE MAK' US SUNDAY LUNCH!

LOOK! HE'S NODDIN' HIS HEID.

AND . . .

WHIT BRAW! THIS IS A RARE TREAT.

LOVELY.

SLURP!

GREAT IDEA OF YOURS, MAW!

Hen refuses to yield —
— aboot his antique shield!

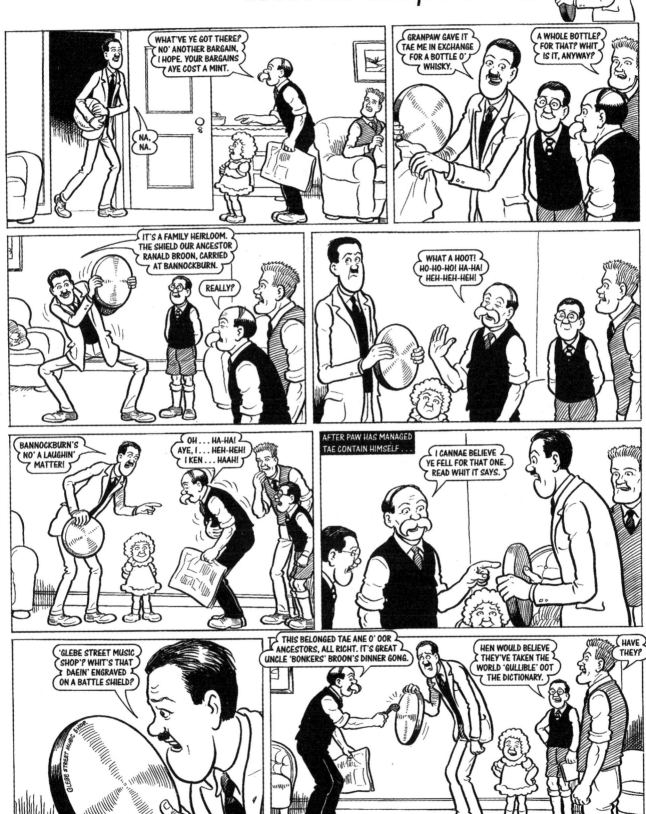

Will Daphne go far —
— when she meets wi' a star?

It willnae be long —
— till Horace gets strong!

Maw suspects tomfoolery —
— when she can't find her jewellery!

The Bairn seems keen —
— but whit does she mean?

Granpaw seems afraid —
— o' folk wearing plaid!

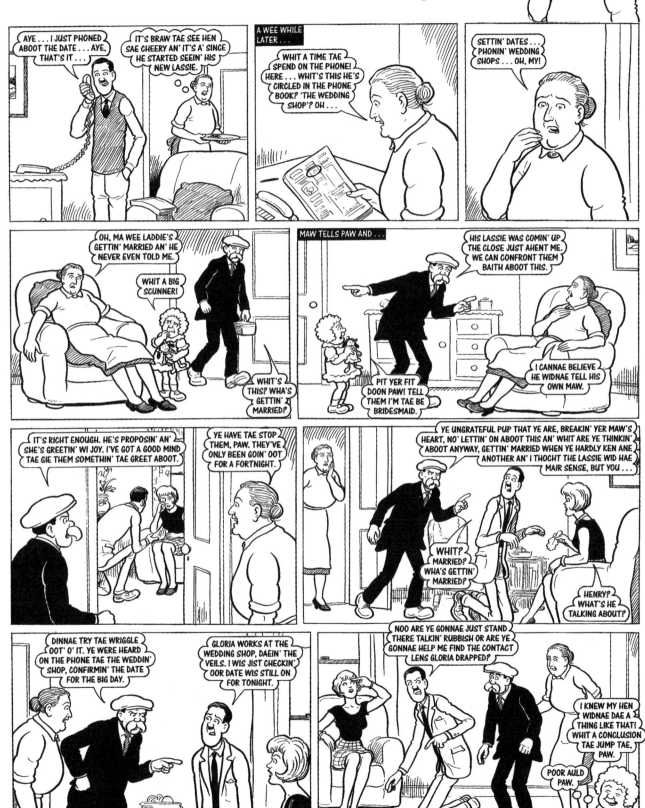

Maw's taken tae task —
— for buyin' a mask!

Daphne's nae fool —
— when it comes tae the wool!

Granpaw tells tales —
— about bein' caught in the gales!

Hen and Joe dinnae know it —
— but Horace is a poet!

Granpaw faces a test —
— wi' Hen's special guest!

Dinnae get in a froth —
— it's only some broth!

Paw gets a fright —
— when the fire willnae light!

That cannae be it —

— a Broons' moonlight flit?

Maw gets a start —
— when the men dress up smart!